U0021464

The 156-Storey Treehouse 瘋狂樹屋156層

搶救聖誕節大作戰

安迪‧格里菲斯 Andy Griffiths 著

泰瑞‧丹頓 Terry Denton 繪

韓書妍 譯

遺失的香腸

目次

體驗冒險、感受驚奇的瘋狂樹屋

◎ 水腦 （圖文創作者）

　　每次出新書就會加蓋十三層的「瘋狂樹屋」系列，居然來到一百五十六層了！從最初的汽水噴水池、蔬菜消滅機、碰碰車遊戲區、自動噴射棉花糖機、供應七十八種口味冰淇淋並配備「愛德華勺子手」機器人的冰淇淋店……來看看這次又新增了什麼？

　　水族樂園、許願井、讀心三明治機、電視問答節目樓層、打破世界紀錄樓層、超級臭東西樓層……聽來全都是命中孩子願望紅心、戳中孩子笑點的樓層啊！（小男孩想必羨慕不已，開始在腦中想像如果自己也有這樣的樹屋……）

　　作者安迪和插畫家泰瑞的腦袋裡到底還有多少瘋狂的點子還沒爆發？這對瘋狂屋主拍檔真是不會讓人失望，連溫馨的聖誕節都（不意外的）變成連串驚險的冒險旅程啦！

　　什麼節日都要慶祝一下的兩位屋主（瞧瞧他們過那些自己亂發明的節真是會笑死—— 試試運氣節、不加蓋爆米花節、整天賴床日……），當然不會錯過即將來到的歡樂聖誕節！

　　而講到聖誕節就是要裝飾聖誕樹，住在樹屋的他們在「每一片」葉子上都裝了燈！就在他們布置完「聖誕樹」，給聖誕老人寫了超 —— 長的許願信，準備好無限彈力聖誕襪之際，「叮咚！」一個神祕的包裹送來了。

　　好冰的包裹！拆啊拆啊拆（也太多層！），什麼？居然是雪？

　　到底是誰寄來的？如此應景！如此有聖誕氣息！如此歡樂！這兩位活寶自然不會錯過用剛送來的雪打雪仗、堆雪人的樂趣（欸，等等，不是應該先搞清楚誰寄來的才對嗎！），而當我看著圖，正覺得那位橫眉豎目的不友善雪人似乎不太妙之際……喔喔！果然……

　　相信大家都讀過不少雪人活起來的故事，這個版本是最超出我預期走向的一隻。而《瘋狂樹屋156層》大概也是我讀過最失控的聖誕節故事！但厲害的是，他們都可以讓一連串充滿驚嚇，似乎還有點危險的旅程，在「天

啊，也太讚了吧！」之處收尾（並寫成你手上這樣的一本書），闔上書鬆一口氣之際，邊拍案叫絕。

要是日子可以過成這樣，好玩（驚嚇？）的事每天都不停出現，光是把經歷的事寫成書都不愁沒靈感了啊！（他們確實也這麼做了！）

平靜無波的日子有歲月靜好的安然，但如果想來點意料外的驚奇，「瘋狂樹屋」裡層出不窮、顛覆想像的一堆怪東西，加上無章法可言的瘋狂雙人組合，絕對讓你驚呼連連、腦洞大開。

身為幸運的讀者不必真正把日子搞得天翻地覆，翻開書就能一起在他們連串事件的冒險歷程裡感受無比豐富的驚奇。實在很期待這對瘋狂屋主（兼作繪者）還能多認真去忙一些莫名奇妙的蠢事情。最跳tone的泰瑞、「相對」冷靜的安迪，以及多次緊急救援的好鄰居吉兒，三位默契滿點的好朋友遇到所有怪事激盪出的火花，讀來真教人開懷！

「瘋狂樹屋」系列，文字和圖畫相輔相成，緊湊的故事節奏配上張力十足的漫畫式插圖，不但激發想像力，啟動冒險魂，還大大加強了幽默感喔。（我不想著重在「孩子」，因為身為大人的我也欲罷不能呀！）

繼續失序的加蓋下去吧，瘋狂樹屋！！！

回到閱讀的單純樂趣

◎ 夏夏 (詩人)

草莓吐司夾肉鬆，這是國小去早餐店時我最喜歡點的，天天吃都不會膩。（現在覺得這是什麼奇怪組合啊？）

過了很久以後，有一天小兒子把蘇打餅乾剝碎在白飯裡，一陣驚訝過後，我才想起自己孩童時期曾有過的奇特口味。

從「草莓配肉鬆」到「蘇打餅飯」的這段時間裡發生了什麼事？

沒錯，我長大了。從小孩變成大人。更準確的來說，成為事事都依照常理做決定的無聊大人。

「喔，天啊！我到底對自己做了什麼事？」

讀到「瘋狂樹屋」系列時，我腦袋裡冒出這個想法。這肯定是安迪和泰瑞在書裡撒魔法粉的緣故吧。

　　在他們的樹屋裡可是什麼都有，什麼都不奇怪呢！因此孩子們理所當然接受各種詭異的設定，諸如放滿破靴子的房間、謎樣的引擎（功能不明）、各種臭東西。簡單來說，就是充滿「沒用的東西」。（不過別忘了，這是以大人的標準而言。）

　　除此之外，還有各種不可能出現的事物，例如做出心中想要吃的三明治機器、奇怪的節日、挑戰倒立一整天等等。不過回頭一想，現實中很多物品不就是因為某些人「腦袋壞掉」的想法而發明出來的嗎？

　　最讓人會心一笑的，應該就是為了玩樂，安迪和泰瑞一再拖延眼前的工作，一會兒分心寫信給聖誕老人，一會兒大戰邪惡雪人。那些一再分心的行為像極了孩子，在現實世界中大概讓許多大人無奈萬分，但在這棟樹屋裡卻創造出極大樂趣，讓人樂不可支。說白了，這世界太好玩，不會分心去「玩」的人才奇怪吧。

如果你和我一樣喜歡經典繪本《好無聊喔！》裡面那對用雜物造出飛機的瘋狂兄弟，或是你家的孩子也喜歡《100層樓的家》享受探索無限細節，那麼樹屋系列就是這兩本書加起來再乘上好幾倍的瘋狂。

　　如今樹屋來到第一百五十六層，維持一貫的明快節奏，看似恣意揮灑的筆觸，卻處處充滿驚喜，讓人著迷。安迪和泰瑞想必會繼續蓋下去，發明更多無用之物，而正是這些無用之物提醒我們單純快樂的美好。同時這本書也帶領我們學習像孩子一樣，不為別的，只為了快樂而閱讀吧！

p.s. 下次聖誕節是不是該寫信給聖誕老人，請他把「童年
　　 的我」當成禮物送給我呢？

第 1 章

156 層樹屋

嗨,我是安迪。

這是我的朋友泰瑞。

我們住在樹上。

雖然我說住在樹上，其實我是指樹屋。而我說的樹屋，可不是隨便的老樹屋，這可是有一百五十六層的樹屋呢！（之前樹屋有一百四十三層，我們又加蓋了十三層。）

你還在等什麼？快上來吧！

我們加了巨石道（和保齡球一樣，不過不使用保齡球，
而是用巨大圓石）

一座許願井

水族樂園（替身演員墨西哥蠑螈誇茲傑克斯的家）

遺失
的香腸

謎樣的引擎

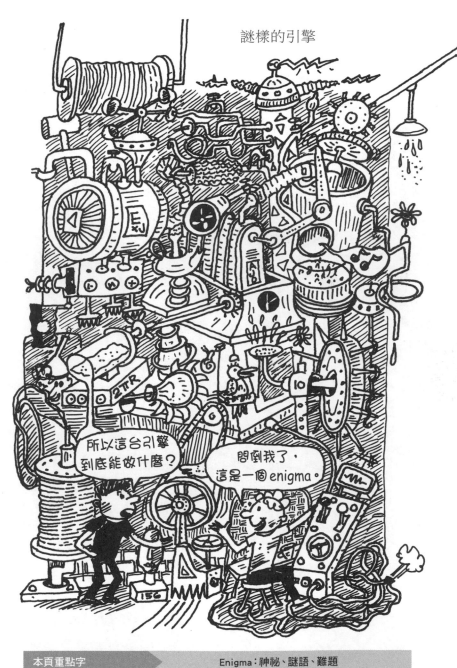

打破世界紀錄樓層

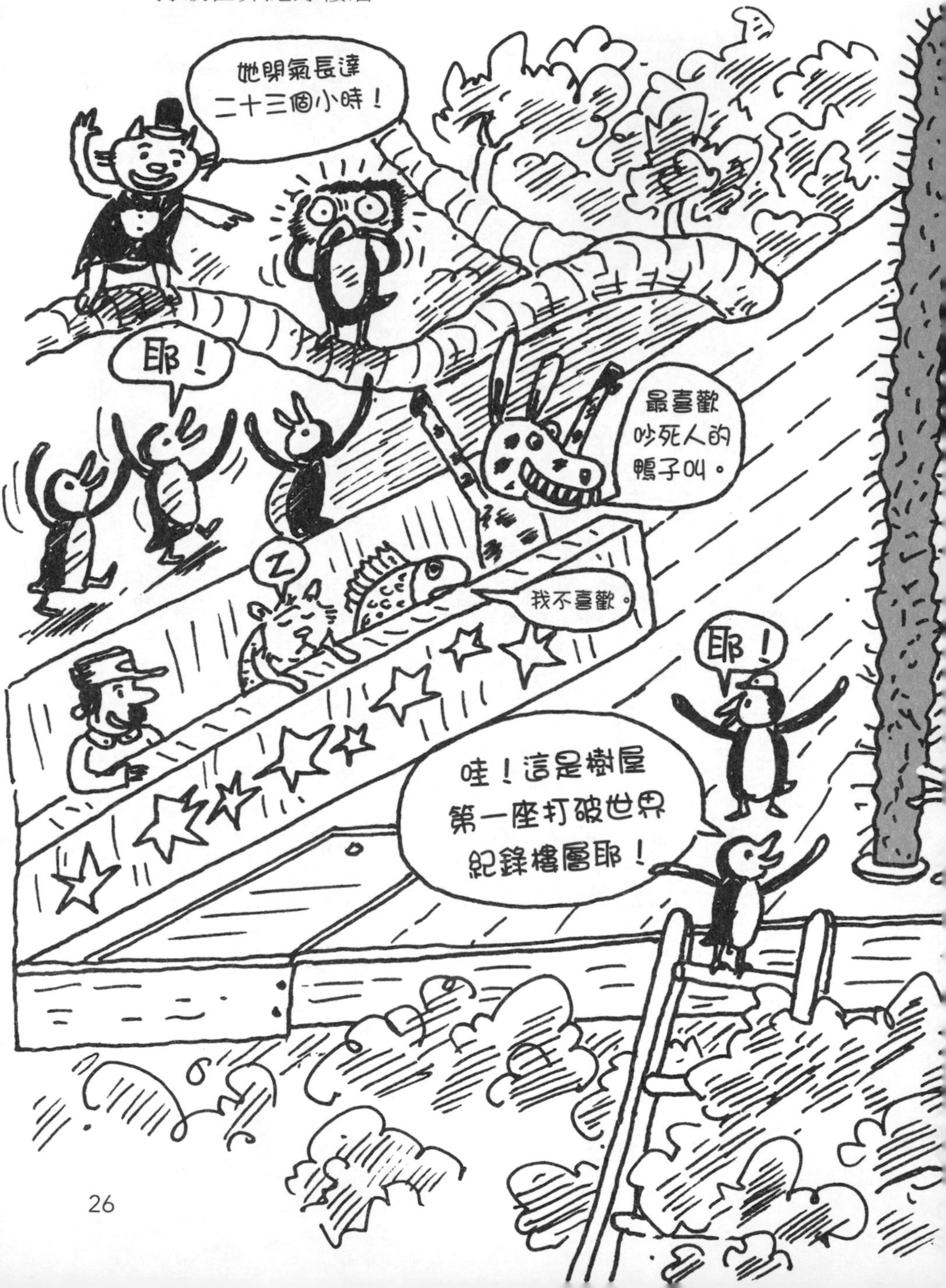

神奇的讀心三明治機（不用説它就知道你想吃哪種口味的三明治，還會做出來給你）

由愛提問的問答機器人「問問」主持的電視問答節目

樓層

匙托邦

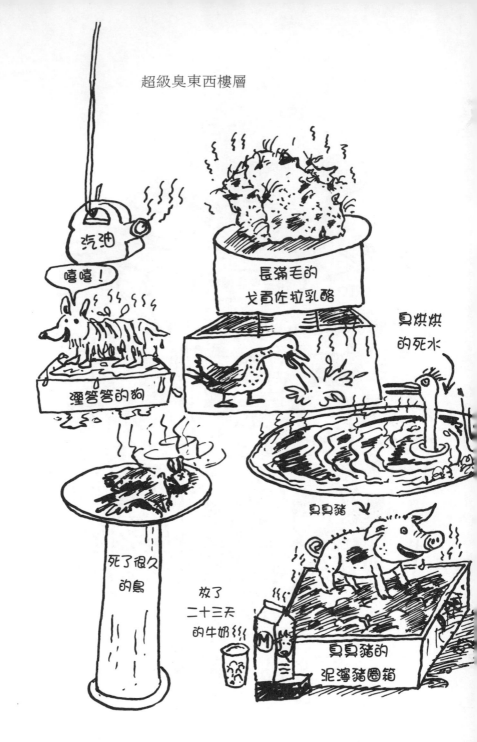

35

樹屋不只是我們的家，也是我們一起創作的地方。

我寫故事，泰瑞畫圖。

如你所見，我們從事這一行已經好一陣子了。

雖然偶爾會有點失控……

但是無論如何，我們最後總是能把書寫完。

第 2 章

歡樂假期

　　如果你和我們大部分的讀者一樣，或許正在猜想，住在樹屋上的我們會慶祝哪些節日。

這個嘛，我們什麼節日都慶祝，甚至會慶祝不存在的節日！

試試運氣節

親青蛙節

頭戴內褲節

月亮奔牛節

不加蓋爆米花節

聖誕節

跳山節

鼻孔頂椅子節

我和泰瑞的生日

吉兒的生日

薑餅節

吞吃汽車節

復活節

整天賴床日

整天對安迪很親切日

大野狼日

「嘿，」泰瑞説：「還記得去年大野狼日的時候，大野狼跑來樹屋説：『安迪、泰瑞，快讓我進去！』嗎？」

「然後我們説：『不、不、不，以我們的鬍子發誓，絕對不讓你進來。』」

「可是大野狼說：『那我要深深吸氣，然後用力吹氣，吹倒你們的樹屋！』」

「接著牠深吸一口氣⋯⋯

吸氣

「吐氣⋯⋯」

「我怎麼可能忘掉？」我說：「畢竟每年的大野狼日都會上演一模一樣的情節啊。」

「那你記得那一年的薑餅節嗎？」泰瑞說：「我們做了薑餅泰瑞。」

「薑餅安迪。」

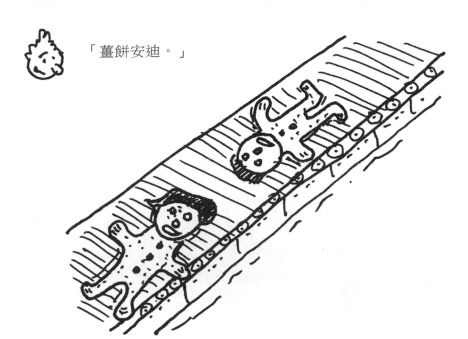

「還有薑餅吉兒。」

「它們在烤盤上靜置冷卻時，突然間全都跳起來說：『跑，快跑啊，你們抓不到的啦，我們可是薑餅幫！』」

「我們跑了又跑……」

「我們繼續跑……」

「跑了又跑……」

「我們繼續跑……」

 「拚了老命跑，但是它們說的沒錯，我們就是抓不到！」

「我怎麼忘得了？」我說：「畢竟每年的薑餅節都會
上演一模一樣的情節啊。」

「我有個點子。」泰瑞說：「不如下次薑餅節時，也做薑餅車吧，這樣薑餅幫逃跑的時候，我們就可以抓住它們了！」

「真是絕妙的計畫。」我說：「下次薑餅節一定要這麼做，不過別忘了，今晚是聖誕夜，要準備的東西可多了。」

更多聖誕燈飾

聖誕燈飾

「我沒忘。」泰瑞說：「我一直忙著布置聖誕燈飾。」

「你掛了多少燈？」我說。

「嗯，」泰瑞說：「我瞧瞧。六百零五萬五千四百八十九個。每一片葉子都有一盞燈！」

「那你還有多少燈要掛？」

「一盞。」泰瑞說：「現在正要掛上去。」

泰瑞爬上梯子的最上層，然後在唯一一片還沒掛上燈
的葉子上放上燈。

「大功告成！」他說。

遺失的香腸

「做得好！」我說：「樹屋看起來真的很有聖誕氣息呢！」

「謝啦，安迪。」泰瑞說。他一路滑下梯子，降落在我身旁。「我最愛聖誕節了。」

「我也是。」我說。

青蛙

第3章
大鼻子先生的電話

為免你們不知道那是什麼聲音，那是我們的 3D 視訊電話鈴聲。來電的是我們的出版社社長 —— 大鼻子先生，他總是會打電話提醒我們新書截稿日到了。

「安迪，不要接！」泰瑞說：「很可能是大鼻子先生打電話來提醒我們截稿日到了。」

「沒事啦。」我說：「我們才剛寫完上一本，新書的截稿日又不是……嗯……呃……其實我不記得是什麼時候了，總之還早啦！」

　　「那他一定是打來祝賀我們聖誕快樂。」泰瑞說：「接起來吧！」

　　我還來不及阻止泰瑞，他便接起電話。

「為什麼這麼久才接電話？」大鼻子先生質問，「你們也知道我是個大忙人！」

「我們知道。」我說：「不過我們也正在忙，忙著準備聖誕節。」

「聖誕節？」大鼻子先生說：「少來，這招我見多了！我才不相信聖誕節呢，因為我太忙了。我是打來提醒你們新書截稿日就在明天！」

「明天？」我說。

「明天？」泰瑞說。

「就是明天！」大鼻子先生吼道：「你們的交稿日提前了！」

「可是明天是聖誕節耶！」我說。

「不重要！」大鼻子先生說：「你們的書明天截稿，這才重要！」

「不，你不懂啊。」泰瑞說：「這可是聖誕節耶。我們一定要慶祝聖誕節！」

「要是沒寫出新書，你們就準備在猴園慶祝聖誕節吧。」大鼻子先生威脅。

「我最討厭猴子了！」我說。

「我也討厭。」大鼻子先生說：「不過你知道我更討厭什麼嗎？就是沒有準時交稿！截稿日就是截稿日，明天早上九點之前最好給我交稿，一秒都不准遲！」

接著螢幕轉為全黑。

「我們沒空寫書啊！」泰瑞說：「現在已經很晚了，我們連給聖誕老人的信都還沒寫。」

　　「我當然知道。」我說：「但是大鼻子先生不在乎。你也聽到他的話了，他根本不關心聖誕節，他只在乎書能不能夠準時交稿。」

　　「好吧。」泰瑞嘆氣說：「不過我們要先寫信給聖誕老人，然後再來寫書。」

「我認為這個主意不太好。」我說：「我們最後一定會分心，雖然我說『我們』，其實是指『你』。你最後一定會分心，然後我們就會來不及寫書。」

遺失的香腸

　　「我保證不分心。」泰瑞信誓旦旦的說。

　　「我當然、肯定、絕對、完全、一概、徹底不會……嗯……呃……我正在說什麼來著？」

「你正在告訴我你不會分心。」我說：「可是講到一半你就分心了！」

「抱歉。」泰瑞説：「你剛剛説什麼？算了。不要氣啦，安迪。我們享受一下嘛。是聖誕節耶！」

「我知道是聖誕節。」我說:「可是我們應該先做書,再寫信給聖誕老人。」

「不行。」泰瑞反駁,「寫書放在後面,應該先寫信給聖誕老人!」

「不對！」我大吼：「先書，再聖誕老人信！」

「不對！」泰瑞大叫：「先聖誕老人信，再書！」

「好吧！」我說：「你贏了，我們先寫信給聖誕老人，再寫書。」

「萬歲！」泰瑞歡呼，「你不會後悔的。」

「如果我們最後被關進猴園，我一定會後悔的。」我說：「我最討厭猴子了。」

「我也是。」泰瑞說：「可是我愛聖誕節！」

小鳥

第4章

清單、襪子、聖誕歌

　　我們各自抓起鉛筆和幾張紙。

　　「我不太清楚要怎麼開頭耶。」泰瑞説。

　　我想了一會兒，説：「我要寫：親愛的聖誕老人，今年我一直都很乖。聖誕節我想要⋯⋯然後列出我想要的東西。」

　　「我也要這樣寫！」泰瑞説，立刻動筆寫信。

「我賭你絕對想不到我清單中的頭號禮物是什麼。」
泰瑞說。

　　「我賭我猜得到。」我說。

　　「那你猜啊。」泰瑞說：「是什麼？」

　　「電動小馬。」我說。

　　「對耶！」泰瑞說：「你怎麼知道？」

　　「我在你的日記裡看到的，上面寫聖誕節你最想要這
個。」

　　「你不應該看我的日記！」泰瑞說：「那是我的祕密
日記耶！」

　　「我怎麼知道那是祕密日記？」我反問。

「因為封面上有寫！」泰瑞說：「看清楚！」

「日記又沒有上鎖。」我說。

「那我要在給聖誕老人的禮物清單上多加一個 —— 最高機密祕密日記的鎖頭。」泰瑞說。

「鎖頭也阻止不了我。」我說:「只要向聖誕老人許願要一把鑰匙開鎖就行了。而且我還要一個噴射背包!」

「噴射背包最酷了!」泰瑞說:「我也跟聖誕老人要一個。」

「你學我。」我說。

「才不是呢。」泰瑞回嘴,「因為我要許願的是一個隱形噴射背包。」

「隱形噴射背包?」我說:「我根本不知道世界上有這種東西。那我也想許願要一個,可以嗎?」

　　「當然可以。」泰瑞說：「只要你保證不向聖誕老人許願要一個可以打開我的最高機密祕密日記鎖頭的鑰匙就可以。」

　　「那就說定了。」我將隱形噴射背包加入禮物清單。「我們可以一起玩隱形背包噴射。」

　　「你最好也向他要一匹電動小馬。」泰瑞說：「免得聖誕老人沒帶隱形噴射背包。」

　　「謝啦。」我說：「好主意！」

　　我們繼續寫，清單越來越長……

越來越長……

直到我們再也想
不出來還能向聖誕老
人要什麼禮物。

遺失的香腸

89

「我寫好了。」泰瑞說。

「我也是。」我說：「我們的清單真長啊。希望聖誕老人有辦法將所有的禮物塞進我們的聖誕襪裡。」

「當然有辦法。」泰瑞說：「因為我發明了無限彈力聖誕襪，外觀和普通襪子一樣，但是無論塞進多少禮物，襪子都能持續擴大！」

「擊掌！」我對泰瑞說：「我們來掛無限彈力聖誕襪，然後開始寫書吧！」

「等一下！」泰瑞說：「我們還沒唱聖誕歌呢！」

「沒時間了啦！」我說。

「可是聖誕節前夕我們一定會唱聖誕歌的呀。」泰瑞說：「這是傳統！」

我還沒來得及阻止，他就高聲唱了起來。

鈴聲響，
安迪臭，
絲絲貓起飛。

聖誕老人
鬍鬚禿掉，
企鵝啃雪橇。

「泰瑞，小聲一點！」我說：「要是聖誕老人聽到你的歌，你就沒有禮物了。」

「為什麼？」泰瑞問。

「因為這不是正統的聖誕歌啊。」

「不是嗎？」泰瑞說。

「不是。」我說：「正統聖誕歌是像〈聖誕節的十二天〉。」

「好吧，我唱。」泰瑞說。

聖誕節的第一天，
我的好友送禮物，
一棵企鵝梨子樹。

遺失的香腸

95

聖誕節的第二天，

我的好友送禮物，

兩隻烏龜企鵝，

還有一棵企鵝梨子樹。

聖誕節的第三天，
我的好友送禮物，
三隻法國企鵝、
兩隻烏龜企鵝，
還有一棵企鵝梨子樹。

聖誕節的第四天，
我的好友送禮物，
四隻唱歌企鵝、
三隻法國企鵝、
兩隻烏龜企鵝，
還有一棵企鵝梨子樹。

聖誕節的第五天，
我的好友送禮物，

五～五～隻

金～色

企～

「別唱了！！」我大吼。

99

「怎麼了？」泰瑞問：「你不喜歡這首歌嗎？」

「不喜歡！」我說：「太多企鵝啦！」

「好吧。」泰瑞說：「那〈平安夜〉怎麼樣？」

「好耶！」我說：「這首好多了。」

泰瑞開始唱了起來：

平安夜，聖善夜，

企鵝黑，

帶點白。

最喜歡吃魚，

嚼！

和划水。

多少纖細,

也多少肥壯。

靜想企鵝安眠。

靜想企鵝安眠。

「泰瑞，」我吼道：「你越早唱完企鵝主題聖誕歌，書就能越早寫完，我們越早上床，聖誕節就會越快到來！」

「冷靜點，安迪。」泰瑞說：「我已經唱完了。你越早停止吼叫，書就能越早寫完，我們越早上床，聖誕節就會越快到來！所以快點停止大吼大叫，現在就開始工作！」

第 5 章

神祕的禮物

　　「好啦。」我說：「那就從『嗨，我是安迪』開始寫囉？」

　　「我有更好的主意。」泰瑞說：「不如就從『嗨，我是──』

叮咚！

「『嗨，我是叮咚』？」我説：「那是什麼意思？這本書裡可沒有人叫作叮咚。」

「我知道。」泰瑞辯解，「我沒有説『我是 ——』」

「有，你説了！」我説：「你剛剛又説了！」

「我沒有！」泰瑞説：「我正準備説『我是 ——』」

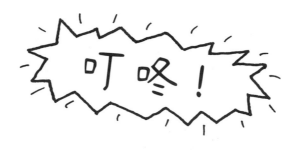

「好好好，我知道你想說什麼了。」我說：「『嗨，我是叮咚』可是我不懂，叮咚是誰？」

「是『門鈴』啦！」泰瑞說：「有人在門口 —— 搞不好是聖誕老人喔！」

「不是。」我說：「我們又還沒睡，再說，他才不會按門鈴，你 ——」

「這樣很壞耶。」泰瑞說：「竟然叫我呆頭。」

「我才沒有叫你呆頭。」我說：「那是門鈴在叮咚！好像有人在門口。」

「你說的沒錯。」泰瑞說：「我們去開門吧！」

我們從超快速溜滑梯一路溜到樹下……

然後開門。

郵差比爾站在門前，捧著一個大包裹。

「安迪、泰瑞，聖誕快樂。」他說：「我好喜歡你們的樹屋裝飾，看起來就像每一片葉子都在發光呢！」

「確實如此！」我說。

「太精采了！」比爾說：「來，這裡有一件給你們的限時專送。我不知道裡面是什麼，不過還真冰啊。」

「謝了，比爾！」我從他的手中接過冰冷的包裹說道：「明天樹屋派對見啦。」

「非常期待。」他說：「派對見囉。」

我們關上門，扛著包裹上樓，然後放在壁爐前。

「是誰寄的呢？」泰瑞問。

「不知道。」我說：「上面沒有退件地址。」

「你覺得是誰？」

「或許是禮物。」我說。

「喔，太棒了！」泰瑞說：「快拆開。」

我們撕開外包裝紙，底下還有包裝紙。我們撕掉那層紙，但是底下還有更多包裝紙！

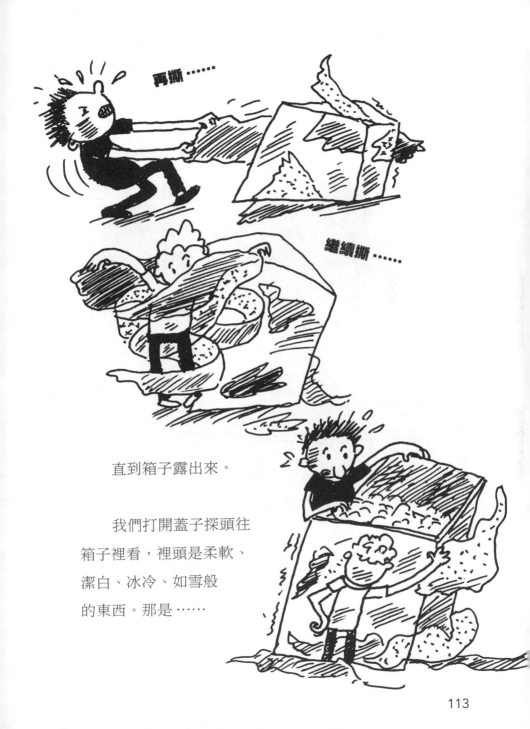

再撕……

繼續撕……

直到箱子露出來。

我們打開蓋子探頭往
箱子裡看，裡頭是柔軟、
潔白、冰冷、如雪般
的東西。那是……

一整箱柔軟、潔白、冰冷的雪！

「耶！」泰瑞歡呼,「我最愛雪了!我們來打雪仗吧!」

「也許晚一點吧。」我說:「我們應該要寫書,還記得吧?」

「你說得對。」泰瑞說：「可是你忘了一件事。」

「什麼？」我問。

「忘了注意這一記！」泰瑞說完，立刻丟來一顆雪球，正中我的腦袋。

雪球打中我的臉，然後雪全都掉在我的衣服上。

「好啊，你自找的！」我收集掉落的雪，猛然回擊。

我們一起衝向箱子，補充彈藥……

遺失的香腸

聖誕雪球戰開打！

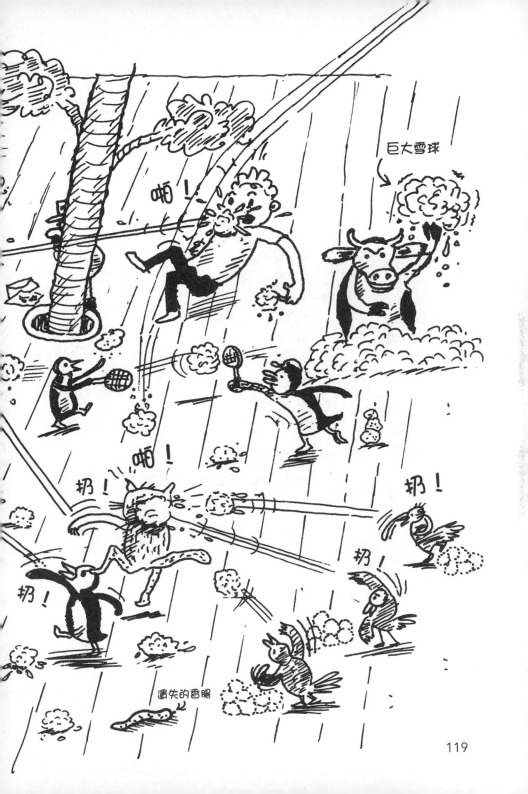

119

我們朝對方丟雪球，直到箱子完全空了。

現在整個房間都是雪，這樣很好，因為看起來非常有聖誕節的感覺。聖誕老人一定會覺得很親切。

「嘿，安迪！」泰瑞說：「我們來堆聖誕雪人吧！」

「那我們的書呢？」我問。

「堆完雪人就來寫書。」泰瑞說：「不會花太多時間的。快來幫我把這些雪滾成圓球。」

「好吧。」我說：「然後我們要寫書。」

「那當然。」泰瑞説。

　　我們很快就滾出三顆雪球 —— 兩顆大的當作身體，一顆小的是頭。

我們把頭放在身體上。

接著在兩側插上兩根樹枝，當作手臂。

「很好！」泰瑞說：「現在只剩下臉了。」

我在頭的中央戳進一根胡蘿蔔。「這是鼻子！」我說。

「那這兩粒粉紅棉花糖就是眼睛囉。」泰瑞說。

我們放上兩根細枝條當作眉毛，還有一條蛇形軟糖當作嘴巴。

泰瑞的手臂

我們在雪人的脖子上繞上一條圍巾，頭上放一頂黑帽子。接著後退幾步，欣賞我們的聖誕雪人。

「你覺得怎麼樣？」泰瑞問。

「不知道耶。」我遲疑的說：「他看起來氣呼呼的。」

「我覺得應該是眉毛的關係。」泰瑞説：「有點滑下來了。我來調整一下。」

遺失的香腸

　　泰瑞將眉毛拉平，可是很快又往下掉，這次傾斜的角度更大，雪人看起來比之前更憤怒了。

正當泰瑞伸手準備再次調整眉毛的時候，說時遲，那時快，雪人張開蛇形軟糖嘴，以粗啞的聲音說道：「嘿，小子，別再亂搞眉毛啦！我就喜歡這樣！」

第 6 章

不太聖誕的雪人

一般來說，我很喜歡聖誕雪人，但我不喜歡這個雪人，
因為他連一絲絲聖誕氣息都沒有。

「你們的窩不錯嘛。」雪人轉動他的頭，東看西看的說：「絕對比我來的地方好多了。我想我會喜歡這裡。現在你們快滾吧！」

　　「什麼叫『快滾吧』？」我說：「我們住在這裡耶。」
　　「你們『之前』住在這裡。」雪人說：「不過現在樹屋是我的了。」

「才不是！」泰瑞說：「樹屋是我們的！」

「你們的？」雪人說：「笑死人了。樹屋才不屬於你們。你們偷走木頭木腦船長失事的海盜船上的木材，蓋出了樹屋。我讀過你們的書，對你們的一切瞭若指掌。」

「你怎麼可能讀過我們的書？」我說：「我們才剛把你做出來耶。」

雪人的蛇形軟糖嘴微微一笑，說道：「我還是個小雪人的時候，奶奶都會念瘋狂樹屋給我聽。」

「這就是我想來這裡的原因。你們的樹屋看起來比凍壞我老屁股的南極有趣多啦。」

「所以我把自己裝箱寄來這裡。我知道你們兩個呆瓜無法抗拒用箱子裡的雪堆出雪人的誘惑。所以我現在才會在這裡！」

「你們離開的時候別忘了關門。」他說：「我想了一下，還是讓門開著吧。這裡有點熱呢。我覺得都是因為你們掛滿了聖誕燈飾。燈的開關在哪裡？」

「才沒有燈的開關呢。」我説：「現在是聖誕節，如果你不喜歡聖誕節，大可以直接滾回南極。説到這裡，我幫你一把吧。泰瑞，我們快把這個雪人裝進箱子送回家。」

遺失的香腸

　　「別用你的熱手碰我。」雪人説：「否則我用頭丟你！」
　　「你才嚇不倒我！」我逼近他。

「我們走著瞧！」雪人咆哮。他伸起細細長長的樹枝手臂，將頭抬離身體……

朝我們直直猛力扔來！

　　「交給我！」泰瑞高喊，從牆上抄起我們的緊急雪鏟，
一個箭步衝往飛旋而來的雪人頭，猛力揮擊。

直接命中！雪人的頭四分五裂，一塊塊的雪團四處
飛散。

「雪恥啦，雪人！」泰瑞説。

我們擊掌、跳上跳下，還在迅速化成一灘水的融雪上
大跳勝利之舞。

不過，接著我聽見一陣轟隆聲。

我轉頭一看。

糟了。

雪人的身體正往我們疾速飛馳而來！

「安迪，小心啊！」泰瑞大叫。

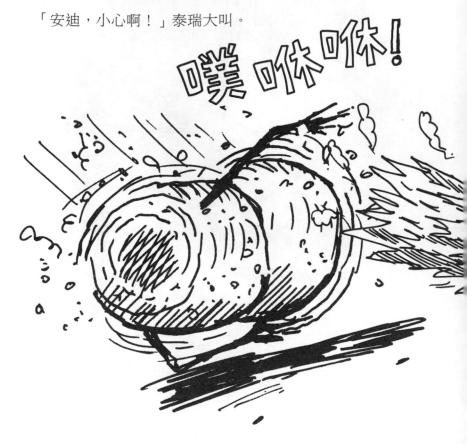

「別擔心！」我喊道：「我來搞定！」我從緊急噴火
槍供應器抓了一把緊急噴火槍，將火力調到

然後開始噴出爆裂火焰。

遺失的香腸

我一直噴到雪人的身體完全融化。「從你身上『雪』了很多。」我說：「真是『春風化雪』！」

　　「這是給你的教訓！」泰瑞說：「你現在就只是一灘無害的泥巴水。」

「那是你以為。」泥巴水說：「你們會付出代價，我跟你們沒完沒了。事情還沒結束呢！」

突然間，周圍充滿叮叮噹噹的鈴聲。

「喔，不！」我說：「是聖誕老人！他來了！」

「他不應該在這時候出現呀。」泰瑞說：「我們又還沒睡著，他要在我們睡著以後帶禮物來才對啊！」

「我們只好假裝睡著。」我說：「快躺下，閉上眼睛。」

第 7 章

墜毀！

　　我們撲倒在地，假裝睡著。時間抓得剛剛好！我聽見
馴鹿呼嚕呼嚕的鼻息聲、雪橇鈴鈴響的鈴鐺聲，還有聖誕
老人的呵呵呵聲。

「哇喔，魯道夫！」聖誕老人吆喝：「慢點兒，雷、閃電、雌狐、彗星、邱比特、舞者、猛衝、歡欣！準備到下面那棟樹屋，降落在安迪和泰瑞睡覺的房間裡。」

「聖誕老人要降落在這裡耶！」泰瑞悄聲說。

「對啊。」我說：「可是我不確定這裡適不適合降落，因為地板正中央有一大灘水！我們應該要提醒他。」

「不行！」泰瑞說：「如果我們提醒他，他就會知道我們沒有睡著，可能就不會降落了。如果他不降落，我們就沒有禮物了。」

「要是不提醒他，他可能會翻車。」我說。

「你以為聖誕老人不知道如何安全降落雪橇嗎？」泰瑞說：「我覺得他一定知道，因為他真的降落過很多次。」

「當然。」我說：「可是……」

147

「剛剛怎麼了？」泰瑞低聲問。

「我不確定。」我說：「不過從『碰』、『叮』、『乒嘣』、『噹啷』、『啪碰』、『ㄅㄥㄉㄤ』、『咔碰』、『呼咻』、『喀噠』、『噗嚕』、『啪噗』、『叮』、『ㄎㄨㄥ嘟』、『嘎嗚』、『嘣ㄅㄧㄤ』和『磅』聽起來，我認為聖誕老人摔爛雪橇了。」

「我們現在可以睜開眼睛了嗎？」泰瑞問。

「可以。」我回答。

我們睜開雙眼環顧四周。

「聖誕老人不在這裡。」泰瑞說。

「禮物也不在這裡。」我說：「我們的襪子是空的！」

148

「安迪，你錯了。」泰瑞從樓層邊緣探頭說道：「你看，小馬在下面！聖誕老人帶了電動小馬給我！」

「那才不是電動小馬！」我說：「那是聖誕老人的馴鹿！聖誕老人一定是降落在水灘上，打滑飛出樓層邊緣了。」

「你說得可能沒錯。」泰瑞附和,「而且下面的樹枝上掛了不只一頭馴鹿。到處都是馴鹿!」

「聖誕老人在哪裡？」我説。

「你看，」泰瑞指著某處大喊：「他掉在複製機器樓

層上方的樹枝。」

「糟了。」我説：「那根樹枝非常細。」

「沒錯。」泰瑞説：「而且聖誕老人的體型非常巨大。」

「沒錯，」我說：「也非常重。」

「樹枝會斷嗎？」泰瑞問。

「希望不會。」我說：「可是我很確定一定會斷。」

下方傳來嘎吱聲……

然後是斷裂聲……

樹枝「啪」的斷掉……

啪

聖誕老人墜落……

墜
落

掉進下方樓層，直接彈進複製機器！

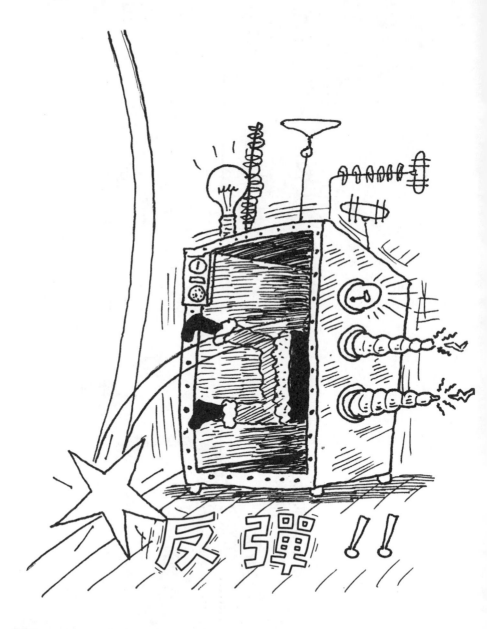

機器開始快速運轉，才一會兒，成群結隊、歡欣鼓舞的複製聖誕老人踏步走出機器。

所有的聖誕老人全都拍著肚皮說：「呵、呵、呵！」

「哇啊！」泰瑞説：「看看這些聖誕老人！安迪，我們可以留下他們嗎？可以嗎？」

157

「這個嘛，應該可以。」我說：「不過不能留住真正的聖誕老人。必須讓他離開，他才能送完所有的禮物呀。」

「哪一個才是真正的聖誕老人？」泰瑞問：「他們全都長得一模一樣。」

「我們最好親自去問問。」我說。

我們往下爬到複製機器樓層。聖誕老人們非常高興見到我們。

159

「安迪和泰瑞，聖誕快樂！」他們齊聲高喊。

遺失的香腸

「聖誕快樂，歡迎你們！」我說：「樹屋能夠迎接這
麼多位聖誕老人真是太棒了，只是我們在想，你們之中，
誰才是真正的聖誕老人呢？」

其中一名聖誕老人往前一站，説道：「我就是真正的聖誕老人！」

另一個聖誕老人把那名聖誕老人用力推到一旁，然後說：「才怪，我才是真正的聖誕老人！」

「事實上，你們會發現我才是真正的聖誕老人。」第三個聖誕老人說，並用他圓滾滾的大肚皮撞飛另外兩名聖誕老人。

飛！

163

聖誕老人們開始推撞彼此，吼叫聲也越來越大，越來越大，直到我別無選擇。

第 8 章

「問問」被問問

　　「不要再吼啦！」我對所有正在大吼的聖誕老人們大

吼：「還有比大吼更好的解決方法！」

　　「有嗎？」其中一名聖誕老人大吼。

「有。」我說：「就是問答比賽。我們去找問答機器人『問問』，讓它問只有真正的聖誕老人才回答得出來的各種問題，就能知道你們當中誰才是真正的聖誕老人。」

「可是我已經說了，」其中一名聖誕老人大吼：「我就是真正的聖誕老人！」

「不對，我才是！」另一個聖誕老人大吼。

「你們最後會發現我就是真正的聖誕老人。」第三個
聖誕老人大吼。

「我！我！我！」聖誕老人們大吼。

「好好好。」我說：「留到問答大賽再說吧。跟我來。」

泰瑞帶路，我們沿著樹往上爬到電視問答節目樓層，帶聖誕老人們到攝影棚。

遺失的香腸

「歡迎!」問問說:「我是你們的主持人,有趣的問答機器人『問問』。聖誕老人是今晚的特別來賓。請到桌子後方就座,將手放在搶答按鈕上,然後我們就要開始啦!」

聖誕老人一路你推我擠到桌子前，很快全都就定位，
節目準備開始。

「好的。」問問說：「答對的人可以贏得十三分。答錯就會扣掉十三分。第一個問題：『聖誕老人最喜歡的顏色是？』」

所有搶答鈴同時響起的聲音真是震耳欲聾，聖誕老人們全部大吼：「紅色！」

「全都答對了！」問問説：「每人獲得十三分！」

「聖誕老人最寵愛的馴鹿叫作什麼名字？」問問說。

「魯道夫！」聖誕老人們齊聲大吼。

「正確！」問問說。

「聖誕老人最喜歡的飲料是？」問問説。

「牛奶！」聖誕老人們齊聲大吼。

「正確！」問問説。

「安迪希望收到什麼聖誕禮物？」問問說。

「電動小馬！」聖誕老人們齊聲大吼。

「正確！」問問說。

「聖誕老人住在哪裡？」問問説。

「北極！」聖誕老人們齊聲大吼。

「正確！」問問説。

「聖誕老人的靴子尺碼是？」問問說。

「特大號！」聖誕老人們齊聲大吼。

「正確！」問問說。

「聖誕老人的笑聲是？」問問説。

「呵、呵、呵！」聖誕老人們齊聲大吼。

遺失的香腸

「正確！」問問説。

「你們全都是真正的聖誕老人嗎？」問問說。

「是！」聖誕老人們齊聲大吼。

「正確！」問問說。

「這樣啊，」問問說：「看來所有的參賽者全都獲得一百零四分！唯一的解決方法，就是撞肚皮比賽！最後一個還站穩腳步的，就是真正的聖誕老人！肚皮互撞大賽開始！」

　　聖誕老人們全都鼓起肚子，使勁全力，用肚皮互相猛撞。

183

遺失
的香腸

184

聖誕老人用肚皮互撞的力道太猛烈，全都撞到摔倒，最後在地上癱倒成一堆。

「什麼都沒有解決嘛。」泰瑞說。

「沒有一個聖誕老人還站著，所以依然不知道誰才是正牌聖誕老人。」

就在這個時候，我聽見無疑是飛天貓從空中呼嘯而過的聲響，吉兒坐在飛天貓雪橇上，從天而降。

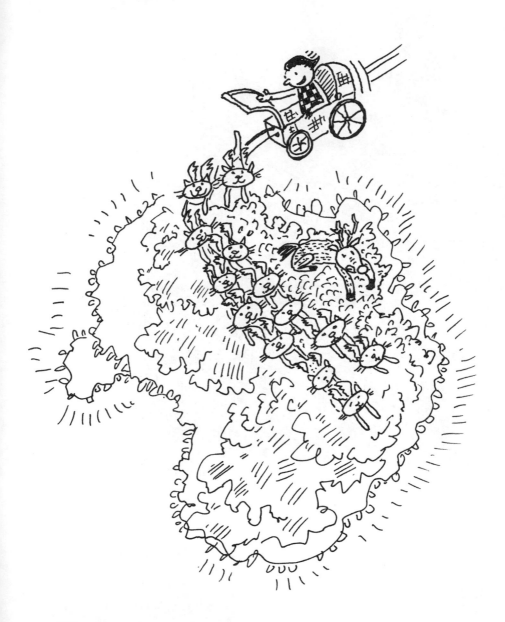

第 9 章

吉兒大救援

　　「我的天呀。」吉兒說：「我好愛你們今年的聖誕樹裝飾，每片葉子上都有一閃一閃的燈光、掛在樹枝上的塑膠馴鹿，還有一大堆充氣聖誕老人！樹屋看起來棒呆了！」

「謝啦。」我說:「不過那些不是裝飾,而是真的馴鹿,還有真的聖誕老人!」

「真的?」吉兒問:「什麼意思?」

「這個嘛,」我說:「那些馴鹿其實是聖誕老人的馴鹿,其中一個聖誕老人其實是真正的聖誕老人,其他是複製人。聖誕老人駕駛雪橇墜落樹屋,然後掉進複製機器裡了。」

「接著所有的聖誕老人用大肚皮互撞,看看誰才是正牌聖誕老人。」泰瑞說:「只不過最後他們全都撞暈了。」

「今天可是聖誕夜啊！」吉兒大喊：「聖誕老人應該在外面送禮物才對。」

　　「我們知道。」泰瑞説。

　　「如果全世界的孩子醒來的時候，發現聖誕襪是空的，一定會非常難過。」吉兒説。

　　「這我們也知道！」我説：「但是怎麼辦呢？我們又不能去送禮物。」

「為什麼不能？」吉兒說。

「因為我們不是聖誕老人呀。」我回答。

「他的雪橇在哪裡？」吉兒問。

「在上面。」泰瑞指著雪橇墜落的樓層，雪橇正掛在邊緣搖搖欲墜。

「太好了！」吉兒說：「我看到聖誕老人的禮物袋還在後座。我們可以幫他送禮物。」

「可是要怎麼把所有的馴鹿從樹上弄下來？」我問：「牠們的鹿角全都和樹枝糾結在一塊兒啦。」

　　「可以用抓抓機把牠們抓下來。」泰瑞說：「抓抓機可以無時無刻從任何地方抓住任何東西。」

　　「可是必須非常小心。」我說：「而且也會花太多時間。」

　　「我同意。」吉兒說：「我們應該用我的飛天貓送完所有的禮物後，再把馴鹿弄下來。」

「那還等什麼？」我說：「出發啦！」

「等一下。」吉兒說：「不能穿這樣去送禮物。要打扮的更有聖誕氣息才行。」

「聽起來像是五千種自動扮裝室的工作。」我說。

（如果你和我們大部分的讀者一樣，那你大概知道五千種自動扮裝室是我們的高科技偵探室的一部分。任何場合的扮裝一樣都不缺 —— 包括全系列聖誕服裝！）

我們用最快的速度爬到偵探室，穿過各式各樣的安全系統進入，然後直接踏進五千種自動扮裝室。

　　吉兒選擇聖誕老人裝後直接穿上。她拍著肚皮走來走去，一邊說：「呵、呵、呵！聖誕快樂！」

呵、呵、呵！

遺失的香腸

　　「妳怎麼可以當聖誕老人？」泰瑞抗議。

　　「這個嘛，」吉兒說：「既然我的貓負責拉雪橇，我又是駕駛，那我應該就是聖誕老人啦。你們兩個可以當我的助手小精靈。」

「我才不要當助手小精靈呢。」泰瑞說，一邊穿上滿是尖刺的盔甲裝，「我要當助手半獸人。嘎吼吼吼吼吼！」

「才沒有助手半獸人這種東西！」吉兒說：「半獸人很恐怖，才不會幫忙呢！」

「那助手吸血鬼如何？」泰瑞穿著長長的黑披風，鬼鬼祟祟的靠近我。

「我想吸你的血！」他用超大顆的假獠牙刺向我的脖子。

「少來！」我説：「我才不想被吸血呢，而且我和你一樣，一點都不想當助手小精靈，可是吸血鬼才不會送禮物。」

「為什麼不行？」

「因為現在是聖誕節，又不是萬聖節！」

「對耶。」泰瑞説：「那我當助手殺人機器人好了。殺死！捏爆！摧毀！」

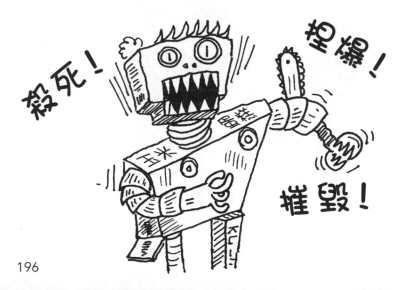

「泰瑞，這更糟耶。」吉兒說：「殺死、捏爆和摧毀都沒辦法幫我們送禮物，只會搞得一團亂。五千種自動扮裝室中沒有助手小精靈的服裝嗎？」

填充物

「很不幸，有的。」我說：「在這裡。泰瑞，一件給你，一件我穿。」

我們穿上小精靈服裝，顏色是綠色和紅色，鞋子尖端又長又捲。如果這樣還不夠醜，我們的帽子上還有緞帶和鈴鐺呢。

　　「我們看起來蠢斃了。」我抱怨。

　　「往好處想。」泰瑞說：「至少沒人會看見我們，大家都在睡覺。」

　　「希望如此啦。」我說。

「呵、呵、呵！」吉兒又在練習聖誕老人的笑聲，她說：「你們兩個看起來很有聖誕氣息。來，我們出發吧。」

我們回到聖誕老人墜毀的樓層，從邊緣拉回雪橇。

泰瑞伸手到雪橇裡，拉出一張非常長的紙捲。「快看這個，」他說：「是聖誕老人的名單。」

「這正是我們需要的。」我説：「名單讓我們知道該去哪裡，哪個禮物要給誰。」

「必須立刻上路了。」吉兒説：「幾乎已經午夜，要做的事情還多著呢！」

吉兒幫飛天貓套上雪橇韁繩，我們全都爬進雪橇。

「好囉，大家抓緊啦！」吉兒喊：「現在，絲絲、抓抓、怕怕、糊糊……鈴鈴、撞撞、砍砍、破破、呼嚕嚕！飛到門廊頂……飛到牆頂。現在，飛吧，飛吧，全都用力飛吧！呵、呵、呵！」

全部的飛天貓用力拍打翅膀，雪橇緩緩升空，不過卻「磅」的一聲摔回樓板。

　　「怎麼回事？」我問：「為什麼不飛？」
　　「雪橇對飛天貓來說太重了。」吉兒説。

「不用擔心。」泰瑞看著天空說：「快看！誇茲傑克斯在那裡！牠是特技替身演員墨西哥蠑螈，非常強壯呢。牠可以提供我們需要的超級特技墨西哥蠑螈拉力！」

註：墨西哥語的「嗨，聖誕快樂」。

　　吉兒為誇茲傑克斯套上韁繩，與絲絲並列，接著爬回雪橇。

「等一下。」我說：「還不能走。絲絲和誇茲傑克斯沒有像魯道夫一樣會發光的紅鼻子，這樣我們會看不見路！」

「沒問題！」泰瑞說：「我有黑暗中會發光的紅色緊急噴漆。」

一瞬間，絲絲和誇茲傑克斯的鼻子都噴上了噴漆，散發著耀眼光芒。

「我們準備好了！」吉兒說：「現在，絲絲、抓抓、怕怕、糊糊……鈴鈴、撞撞、砍砍、破破、呼嚕嚕，還有誇茲傑克斯！飛到門廊頂……飛到牆頂。現在，飛吧，飛吧，全都用力飛吧！呵、呵、呵！」

於是我們飛到空中，飛得又高又遠！

遺失的香腸

206

第 10 章

跑遍全世界

我們飛越天際，
穿過暗夜的迷霧，
為名單上的孩子
一一送禮物。

任何禮物都不嫌大，

任何禮物都不嫌小，

任何禮物都不嫌重，

什麼禮物我們都送。

我們將禮物放進枕頭套，

放進襪子和袋子。

禮物堆成堆，

比疊疊樂更高。

T恤和毛衣，

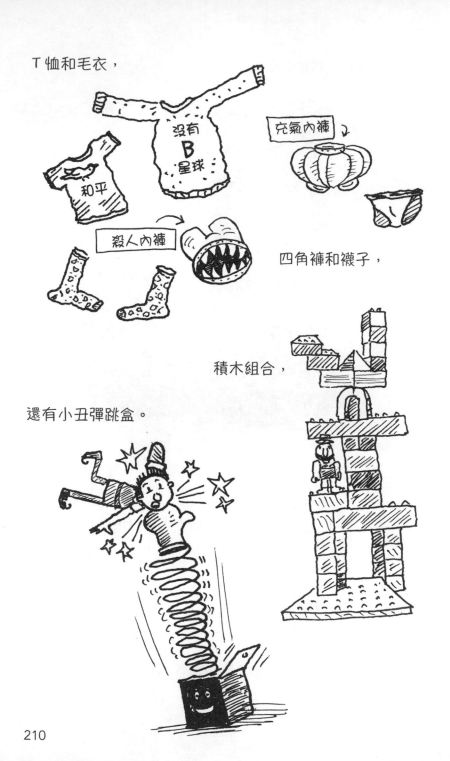

沒有 B 星球

和平

充氣內褲

殺人內褲

四角褲和襪子，

積木組合，

還有小丑彈跳盒。

玩具卡車和娃娃裝，

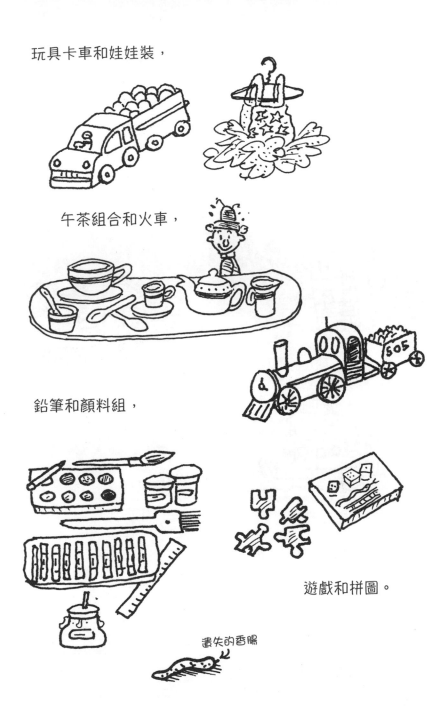

午茶組合和火車，

鉛筆和顏料組，

遊戲和拼圖。

遺失的香腸

我們將禮物帶給孩子,

送進房子或公寓,

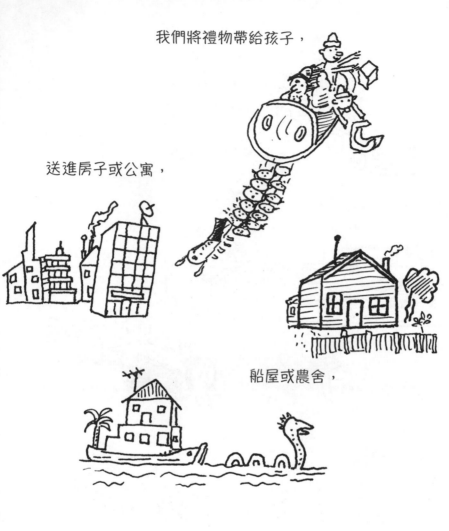

船屋或農舍,

還有木屋或小屋。

偏遠無人島，

或鄉村小鎮，

摩天大樓城，

或地底住家。

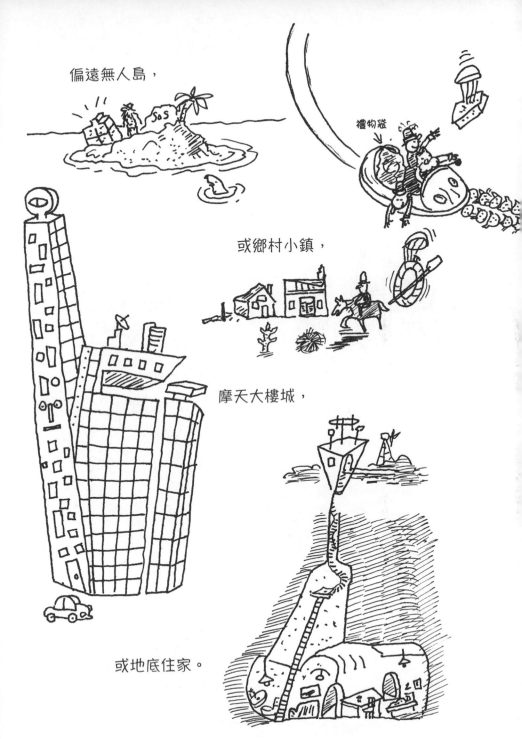

高架屋，

竹子屋，

泥土屋和冰屋。

吼！

214

當然不會忘了樹屋！

遺失的香腸

隨著路途前進，
我們看見許多名字：
喬治和艾莎，
還有亨利和詹姆斯。

托比、莎賓娜，
奧斯卡和珠兒，
傑可和瑞允，
伊萊亞和厄爾。

呵 呵 呵

艾薇和狄倫，
露露和馬克，
恩雅和艾凡，
賈斯柏和傑克。

卡斯伯和卡登斯，
艾德瓦和連尼，
強納和朱爾，
瑞利和佩妮。

依菲玫露和比約恩，
阿斯特里和殷格，
米凱爾、安娜，
卡爾和克莉絲蒂娜。

莉莉和艾拉，
伊芙和閔俊，
潔西卡和達恩，
志雄和河俊。

山姆和米蘭，
洛緹和花兒，
桑多許和蘇尼，
比利和佩爾。

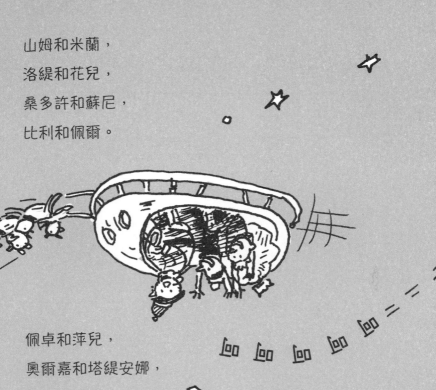

佩卓和萍兒，
奧爾嘉和塔緹安娜，
沛莉和伊凡，
德爾克和絲維藍娜。

約書亞和山謬，
喬凡尼和馬提歐，
威廉和查理，
賈斯汀和提歐。

娜妮和瑟蓮，
歐提斯和娃嘉，
班森和杜嘉爾，
琪亞拉和莎夏。

遺失
的香腸

拉法瑞和魯法斯，
奇亞和美羽子，
希維兒和卡莉雅，
哈魯恩和春人。

伊森和伊恩，
帕黎絲和艾兒，
德克倫、蘇菲亞，
山提亞哥和貝兒。

呵 呵 呵 呵

終於，我們將最後一件禮物，

送給聖誕老人長長名單上的

最後一個孩子 ——

閃亮嶄新的木琴，
送給柔伊‧柔澤柔波樂絲。
　(你可以想像，
我們終於鬆了一口氣。)

隨著天色漸亮，
我的心中想著，
難怪聖誕老人
每年只忙這一趟！

雖然累，

我們很滿足，

因為很快就是聖誕節，

而且我們現在就要回樹屋。

第 11 章

馴鹿復活

　　吉兒讓雪橇往樹屋的方向前進。幸好柔伊・柔澤柔波
樂絲的家距離樹屋不太遠，我們一下子就回到家了。

在森林的無數樹木中，很容易就能認出我們的樹。因為樹屋的每一片葉子上都有一盞聖誕燈，而且還是唯一一棵樹枝上掛滿馴鹿的樹。

遺失的香腸

吉兒將雪橇停在觀景甲板上。「真是太有趣了。」她
說：「現在幫幫這些可憐的馴鹿吧。」

「交給我吧。」泰瑞跳進抓抓機的駕駛艙說：「我會設定在超級輕柔抓取模式，這樣就不會傷到馴鹿。」

抓抓機輕柔的抓住猛衝……

還有舞者和歡欣……

　　以及彗星、雌狐、邱比特、
雷和閃電……當然，還有
魯道夫。

　　「完成了。」泰瑞說：
「全都平安無事，一根毛也沒少。」

「魯道夫，很開心見到你。」吉兒說：「很抱歉把你們留在樹上，可是時間真的太趕了。」

　　魯道夫用鼻子靠著吉兒的臉，雖然我不懂馴鹿語，不過我很確定牠的意思是：「沒關係，我明白的」。

「哇，」泰瑞說：「是魯道夫耶，紅鼻子魯道夫。」

「我知道，」我說：「能親眼見到這麼有名的馴鹿真的很興奮，看看牠的鼻子，真的在發光耶。」

遺失的香腸

「真的在發光，」吉兒說：「而且這個鼻子會幫我們找到真正的聖誕老人。」

「怎麼找？」我說：「如果連問答機器人都沒辦法分辨出真正的聖誕老人，為什麼妳會覺得馴鹿辦得到呢？」

「這個嘛，」吉兒説：「馴鹿有很好的嗅覺，而且魯道夫的鼻子不僅會發亮，也很敏鋭，牠可以立刻用聞的找出真的聖誕老人。」

我們帶著魯道夫到電視問答節目樓層，聖誕老人仍然
倒地不起，疊得像一座山。

魯道夫沿著聖誕老人慢慢繞圈子，用力嗅聞。最後牠
停下腳步，用鼻子輕輕頂了其中一個聖誕老人。

聖誕老人沒有動靜。魯道夫又用鼻子頂了頂，這次比
較用力，並且舔了他的臉。

聖誕老人張開眼睛，眨了眨眼，站起身，給魯道夫一個大大的擁抱。

　　「魯道夫，你這搗蛋鬼，看到你真好。」聖誕老人說：「謝謝你叫醒我。我的老天呀，現在都幾點了。我們必須要上路了，孩子們需要禮物啊！」

「放輕鬆，聖誕老人。」我說：「都處理好了。吉兒、泰瑞和我幫你送完剩下的禮物啦。」

「全部的禮物？」聖誕老人不可置信的說。

「沒錯。」泰瑞說：「一件都沒漏掉。」

「連柔伊・柔澤柔波樂絲的木琴也是？」

「當然。」吉兒回答。

「我該如何感謝你們才好？」聖誕老人說。

　「你完全不需要謝謝我們。」泰瑞說：「我們玩得很開心呢！」

　「真高興聽你這麼說。」聖誕老人回答：「真的很抱歉墜落在樹上，還給你們添這麼多麻煩。」

遺失的香腸

「墜落不是你的錯。」我說：「是水灘的錯。」

「水灘？」吉兒問：「什麼水灘？」

「原本是聖誕雪人的水灘。」泰瑞說：「安迪用噴火槍融化了雪人。」

「這可不太有聖誕氣息。」聖誕老人說。

「這個嘛，那個雪人也不太有聖誕氣息。」泰瑞回話：「它把頭丟向安迪，然後試圖用身體撞爛我們。你之後可以在我們的書裡讀到整件事的經過。」

「我們的書！」我說：「今天就要送過去，可是我們根本還沒開始寫！」

「何不現在開始寫？」泰瑞說：「經過這麼多大風大浪，我們可有的寫了！」

　　「講得好。」吉兒說。

　　「絕對有。」我說：「我們立刻開始吧。」

第 12 章

呵！呵！呵！

遺失的香腸

於是我們開始寫書。

我們寫……

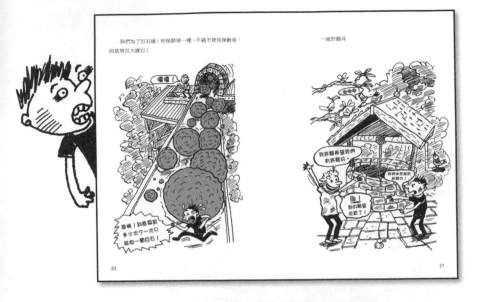

我們畫……

242

然後再畫……

再寫……

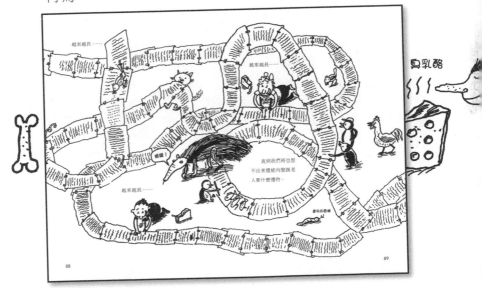

我們畫……

然後我們寫……

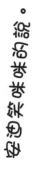

安迪笑咪咪的說。

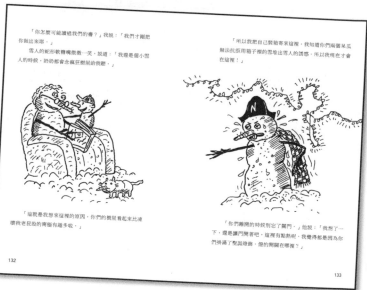

「你怎麼可能讀過我們的書？」我說：「我們才剛把你做出來耶。」

雪人的蛇形軟體嘴角微微一笑，說道：「我還是個小雪人的時候，奶奶都會念瘋狂樹屋給我聽。」

「這就是我想來這裡的原因，你們的樹屋看起來比凍壞我老屁股的南極有趣多啦。」

「所以我把自己裝箱寄來這裡，我知道你們兩個呆瓜無法抵抗用箱子裡的雪堆出雪人的誘惑，所以我現在才會在這裡！」

「你們離開的時候別忘了關門。」他說：「我想了一下，燈是讓門開著吧，這裡有點熱呢，我覺得都是因為你們掛滿了聖誕燈飾。燈的開關在哪裡？」

安迪頭髮著火的說。

我們寫……

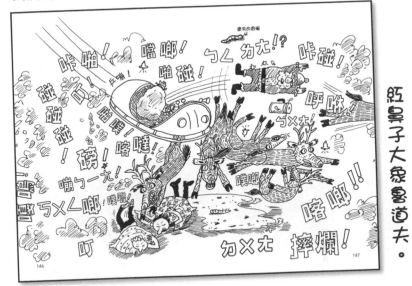

紅鼻子大象魯道夫。

然後我們畫……

然後我們寫……

青蛙吃水果（光人）

我們再寫……

運動小馬時間。

遺失
的香腸

我們畫……

然後再畫……

一直寫，一直寫，直到全部完成。

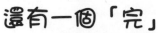

「真高興我們完成了。」泰瑞説：「現在只要把書送去給大鼻子先生就好啦。」

　　「我可以在回北極的路上幫你們送去。」聖誕老人説：「當作他的聖誕禮物。」

　　「謝啦，聖誕老人！」我説：「可是大鼻子先生不相信聖誕節。」

　　「呵，我們等著看吧。」聖誕老人微笑著説。

聖誕老人將馴鹿繫在雪橇上，然後爬進雪橇。「聖誕快樂！」他中氣十足的大喊，然後「咻」的飛走了。

我們全都揮手向他說再見。

我們在觀察樓層上，用望遠鏡追蹤聖誕老人飛往大鼻子出版社的飛行路線。

我們看見聖誕老人降落在大鼻子出版社的屋頂上，把自己——以及我們的原稿——擠進煙囪。（幸好我們的望遠鏡也有遠程麥克風，所以聽得到他們說了什麼。）

「呵、呵、呵！」聖誕老人從壁爐爬出來說：「大鼻子先生，聖誕快樂！」

　　「你到底是什麼東西？」大鼻子先生氣急敗壞的說：「你這樣闖進我的辦公室是什麼意思？還弄得到處都是煤灰！」

「我是聖誕老人。」聖誕老人說：「我有禮物要給你。」

「禮物？」大鼻子先生說：「我才沒時間收禮物，我可是個大忙人！」

遺失的香腸

「今天可是聖誕節喔。」

「我才不在乎今天是什麼日子。」大鼻子先生說：「我很忙！而且絕對忙到沒時間收禮物。」

「我想你可不會忙到沒時間收下『這個』。」聖誕老人說：「這是安迪和泰瑞送的。」

　　「你說什麼？」大鼻子先生從聖誕老人手中一把搶過禮物，「這正好是我想要的！可是你怎麼知道？」

　　「呵，我最了解禮物啦！」聖誕老人回答。

「你剛剛說你叫什麼名字來著？」大鼻子先生問。

「聖誕，」聖誕老人回答：「聖誕老人。」

「那個聖誕老人？」大鼻子先生驚呼。

「正是本人。」聖誕老人說。

「我以為你只是虛構的角色。」

「呵，可惜不是。」聖誕老人笑嘻嘻的拍著圓滾滾的大肚皮回答。

「你真的能在一個晚上飛遍全世界，送禮物給所有的小孩嗎？」大鼻子先生問。

　　「沒錯。」聖誕老人說：「每年聖誕夜都是如此。其他時間我都待在北極的工作室裡和小精靈一起製作玩具。」

　　「我的老天。」大鼻子先生說：「我還以為自己最忙！你和我，我們兩人有很多共同點呢。你要喝點什麼嗎？」

「請給我牛奶，謝謝。」聖誕老人說。

「加冰塊嗎？」大鼻子先生問。

「不用，謝謝。我住的地方最不缺的就是冰，呵、呵、
呵！」

「你有沒有想過寫本書，關於你的一生？」大鼻子先
生說。

「你問的真巧。」聖誕老人說：「我正好寫完一本書，
書名就叫《我，聖誕老人的自傳故事與聖誕節的真諦》。」

「書名真好！」大鼻子先生說：「真想一睹內容。」

「事實上，我剛好帶在身上。」聖誕老人從外套裡掏出一本書，拿給大鼻子先生。「我正準備找出版社呢。」

我，聖誕老人的自傳故事與聖誕節的真諦

遺失的香腸

「那你來對地方了。」大鼻子先生說：「一天就有兩本書……大鼻子出版社開始充滿聖誕氣息啦！」

「因為今天就是聖誕節呀。」聖誕老人說。

「再來一杯牛奶嗎？」大鼻子先生問。

　　「不了，我必須回北極啦。」聖誕老人走向煙囪說：
「聖誕老太太和小精靈們正在等我一起吃聖誕午餐呢。」

「那麼，祝你聖誕佳節愉快。」大鼻子先生說：「也謝謝你的書，我是說，謝謝你帶來這兩本書！」

　　「也祝你聖誕快樂！」聖誕老人高喊，消失在煙囪裡。

　　「真高興一切都順利進行。」泰瑞說：「不過送了一整晚禮物，我現在好餓啊。」

　　「我也是。」吉兒說：「來準備午餐吧。大家很快就要到了。」

「還早呢。」一個聲音說：「我們的恩怨還沒結束。」

第 13 章

最終章

　　我們往下看。是的，你猜得沒錯。就是那灘水。

　　「真有意思！」吉兒彎腰靠近，以便看得更清楚。「這
灘水會說話呢！」

「這就是我們剛剛跟妳說的，」泰瑞說：「不太有聖誕氣息的雪人水灘。如果我是妳，我不會靠這麼近。他不是很友善，還發了誓要跟我們沒完沒了。」

吉兒來不及遠離，水灘就突然升起，抓住她的腰，把
她拖進去。

「放開我！」吉兒大叫。

「除非安迪和泰瑞滾出我的樹屋！」他大叫回嘴。

「想都別想！」我説：「放開她，否則我要把你踏爛成水蒸氣！」

「踏爛我，就是踏爛吉兒！」水灘説：「你可不想傷到她，是吧？」

「我不想。」我說：「夠了。你太過分了。」

「你們沒滾才過分。」水灘回嘴：「現在快點給我滾，否則我就淹死你們愛護動物的好朋友！」

「你不准淹死任何人，而且我們哪兒也不去。」泰瑞
說：「事實上，該滾的傢伙是你，而且立刻就滾蛋啦！」

泰瑞抓住壁爐上方的無限彈力聖誕襪，並且扔給我一
條。

遺失的香腸

「喔喔喔，你們的襪子讓我好害怕喔。」水灘用挖苦的語氣說。

「你是該怕！」泰瑞說：「這些無限彈力聖誕襪也擁有超級無限吸收力！永遠不見，或者應該說，永遠不『濺』啦！」

泰瑞將手中的聖誕襪丟向水灘，我也跟著丟出去。

聖誕襪立刻開始吸收水灘。水灘越來越小……

胡蘿蔔

越來越小⋯⋯

越來越小⋯⋯

「你們會付出代價的，你們這些抽乾水灘的臭傢伙！」現在小的要命的水灘說：「這件事還沒結束呢！」

「已經結束了。」我說，隨著最後一滴水被吸收，吉兒毫髮無傷的躺在乾燥無比的地毯上。

「萬歲！」吉兒跳著歡呼，「我不僅重獲自由，還完全乾了，襪子真的很有用！謝謝你們！」

「小事一樁。」泰瑞說：「這就是朋友，以及無限彈力聖誕襪超強吸收力的功用啊！」

「真高興聖誕襪派上用場，讓我們擺脫恐怖的雪人水灘。」泰瑞說：「可是我有點難過，襪子不像我們原本期待的裝滿了禮物。」

　　「對啊。」我說：「我們根本沒有得到任何禮物。聖誕老人忘記我們了！」

　　「我不這麼認為喔。」吉兒說：「看那裡，就在壁爐旁邊！」

我們看到了。

吉兒說得沒錯。

那裡放著三大件禮物！一份是泰瑞的，一份是吉兒的，還有一份是我的。

「聖誕老人沒有忘記！」
泰瑞說。

「我們來拆禮物吧。」
我說：「等不及想看看是什麼！」

「哇喔！」泰瑞大呼：「我的是電動小馬！」

「我的也是！」我說。

「我的也是！」吉兒説。

「我要叫我的小馬『閃電』。」泰瑞説。

「我要叫我的小馬『閃現』。」我説。

「我要叫我的小馬『蘋果餃子』。」吉兒説。

「蘋果餃子？」我説：「哪有電動小馬叫這種名字？」

「這是最棒的名字。」吉兒説：「我從《電動小馬的絕佳名字》這本書裡找到的。」

「我們來試騎吧！」我説。

我跳上「閃現」，打開開關。牠就像真的小馬一樣嘶
叫。

「等等！」吉兒説：「午餐怎麼辦？我的動物朋友都
很期待。而且再過幾分鐘牠們就要到了。」

「當然。」我説：「你説的沒錯。先吃聖誕午餐，然後再騎電動小馬滿天飛。泰瑞，你去幫新加入的三匹電動小馬以及所有的聖誕老人複製人布置餐桌，然後告訴愛德華勺子手，我們需要至少五十倍的冰淇淋，好嗎？」

　　「沒問題，安迪。」泰瑞説：「這一定會是史上最棒的聖誕節！」
　　「一定會是？」我説：「已經是啦！」

　「喔，不！」我說：「是大鼻子先生！他還想做什麼？書都交出去了！」

　「對啊，不要煩我們，那個大笨頭！」泰瑞說。

282

「噓！」我低聲對泰瑞說：「他搞不好會聽見！」

不過太遲了。

夏威夷襯衫

「泰瑞，你再講一遍？」大鼻子先生說：「你剛剛是不是叫我『大笨頭』？」

「是。」泰瑞立刻回答:「不過是安迪叫我這樣說的。」

「我才沒有！」我說。

「有！」泰瑞大叫。

「沒有！」我也大叫。

　　「沒事的。」大鼻子先生說:「是誰說的都沒關係。
我想我一直都是個大笨頭,我是打來道歉的……也祝你們
度過非常美好的聖誕節!」

「你不是不相信聖誕節嗎？」我說。

「我是不相信。」他回答：「直到我見到了聖誕老人，讀了他的書。我發現我以前錯了。有時候該工作，有時候該玩樂，而且絕對要過聖誕節，這就是為什麼我們全家在大鼻子出版社舉辦了第一次的年度大鼻子聖誕派對！」

歸檔怪獸輕拍大鼻子先生的肩膀，牠說：「不好意思，大鼻子先生。我需要更大的哩物抽屜……要放所有的禮物！」

　　「我要掛電話了。」大鼻子先生說：「要處理抽屜緊急事件！祝你們非常忙 —— 我是說，聖誕非常快樂……否則看著辦！」

「大笨頭⋯⋯糟糕，我是説，大鼻子先生，也祝你聖誕快樂！」泰瑞説。

「別擔心。」我説：「他已經掛電話了，不過其他人都來啦。我們打開三明治機，開始狂歡吧！」

「真是太好玩啦！」泰瑞說：「真希望每一天都是聖誕節。」

「我也希望。」我說：「嘿，我知道了，我們來蓋聖誕樓層給所有聖誕老人複製人住吧。然後我們隨時都可以過聖誕節。」

「如果你們要增加更多樓層，」吉兒說：「可以為我們的電動小馬蓋一層快速充電站和自動馬蹄拋光機嗎？」

　　「當然好呀。」我說：「說到電動小馬，在牠們吃太多聖誕三明治飽到飛不起來之前，先來試飛一圈吧。」

遺失的香腸

「太好了！」泰瑞說：「飛啊、飛啊、飛遠遠！」

小麥田故事館

瘋狂樹屋 156 層：搶救聖誕節大作戰
The 156-Storey Treehouse

作　　　者　安迪·格里菲斯（Andy Griffiths）
繪　　　者　泰瑞·丹頓（Terry Denton）
譯　　　者　韓書妍
封 面 設 計　翁秋燕
內 頁 設 計　翁秋燕
主　　　編　汪郁潔
責 任 編 輯　蔡依帆

國 際 版 權　吳玲緯　楊靜
行　　　銷　闕志勳　吳宇軒　余一霞
業　　　務　李再星　李振東　陳美燕
總 編 輯　巫維珍
編 輯 總 監　劉麗真
發 行 人　涂玉雲
出　　　版　小麥田出版
　　　　　　10483 台北市中山區民生東路二段 141 號 5 樓
　　　　　　電話：(02)2500-7696
　　　　　　傳真：(02)2500-1967
發　　　行　英屬蓋曼群島商家庭傳媒股份有限公司
　　　　　　城邦分公司
　　　　　　10483 台北市中山區民生東路二段 141 號 11 樓
　　　　　　網址：http://www.cite.com.tw
　　　　　　客服專線：(02)2500-7718 ｜ 2500-7719
　　　　　　24 小時傳真專線：(02)2500-1990 ｜ 2500-1991
　　　　　　服務時間：週一至週五 09:30-12:00 ｜ 13:30-17:00
　　　　　　劃撥帳號：19863813　　戶名：書虫股份有限公司
　　　　　　讀者服務信箱：service@readingclub.com.tw
香港發行所　城邦（香港）出版集團有限公司
　　　　　　香港灣仔駱克道 193 號東超商業中心 1 樓
　　　　　　電話：+852-2508-6231
　　　　　　傳真：+852-2578-9337
馬新發行所　城邦（馬新）出版集團 Cite (M) Sdn Bhd.
　　　　　　41-3, Jalan Radin Anum, Bandar Baru Sri Petaling,
　　　　　　57000 Kuala Lumpur, Malaysia.
　　　　　　電話：+603-9056-3833
　　　　　　傳真：+603-9057-6622
　　　　　　電郵：services@cite.my
麥田部落格 http:// ryefield.pixnet.net
印　　　刷　漾格科技股份有限公司
初　　　版　2023 年 11 月
售　　　價　360 元

國家圖書館出版品預行編目 (CIP) 資料

瘋狂樹屋 156 層：搶救聖誕節大作戰
/ 安迪·格里菲斯 (Andy Griffiths)
著；泰瑞·丹頓 (Terry Denton) 繪；
韓書妍譯 .-- 初版 .-- 臺北市：小麥田
出版：英屬蓋曼群島商家庭傳媒股份
有限公司城邦分公司發行, 2023.11
　　面；　公分 .--（小麥田故事館）
譯自：The 156-storey treehouse
ISBN 978-626-7000-81-6（平裝）

887.1596　　　　　　　　111014195

城邦讀書花園
www.cite.com.tw
書店網址：www.cite.com.tw

遺失的香腸